衛斯理系列 少年版 02

支離人

上

作者：衛斯理

文字整理：耿啟文

繪畫：余遠鍠

老少咸宜的新作

　　寫了幾十年的小說，從來沒想過讀者的年齡層，直到出版社提出可以有少年版，才猛然省起，讀者年齡不同，對文字的理解和接受能力，也有所不同，確然可以將少年作特定對象而寫作。然本人年邁力衰，且不是所長，就由出版社籌劃。經蘇惠良老總精心處理，少年版面世。讀畢，大是嘆服，豈止少年，直頭老少咸宜，舊文新生，妙不可言，樂為之序。

倪匡　2018.10.11　香港

目錄

第一章	不屬於身體的手和腳	05
第二章	求助衛斯理	17
第三章	神秘的鄰居	30
第四章	用笨辦法來窺伺	42
第五章	考古之旅	55
第六章	零碎的木乃伊	68
第七章	石棺暗藏的秘密	80
第八章	神秘木乃伊的來龍去脈	94
第九章	跟一隻手博奕	106
第十章	可怕的意外	118
	案件調查輔助檔案	130

主要登場角色

白素

鄧石

胡明

楊教授

衛斯理

成立青

楊探長

郭明

第一章 不屬於 身體的 手和腳

　　那是一個寒冬晚上，成立青在家中仍忙着工作，突然打了個寒顫，感到陣陣寒意，便走出客廳，看看陽台的玻璃門是否沒關好。

　　他用手拉了一下玻璃門，確定門是關得緊緊的，正想回到書房繼續工作之際，眼角餘光瞄到了陽台上好像有些奇怪的東西。

　　他認真一看，不禁驚呼起來，因為他看見一雙手正攀在陽台的石緣上！

那是一雙活生生的手，正緩緩地挪動着。

成立青的第一個想法是：「有賊！」

可是細心一想，他住在頂層二十四

樓，不可能有笨賊爬那麼 **高** 來盜竊吧。

成立青實在想不通這是什麼狀況，

但情勢危急，即使對方是賊匪，也不能

見死不救，於是他連忙打開玻璃門去救人。

門一打開，**刺骨**的寒風撲面吹來，令成立青忍不住閉起雙眼。當他再睜開眼睛的時候，卻發現那雙手已經不見了！他驚恐地跑到石緣前，低頭往下看去，發現地面情況一切如常，並沒有他所擔心的**血腥**場面出現，而剛才也沒聽到墮樓的聲音。

「這到底是怎麼一回事？才不到一秒鐘的時間，那個人到哪裏去了？」成立青感到十分迷惘和害怕。

第二天晚上，天氣更冷，成立青依然在房間裏忙着工作，他要趕及在本周內完成一份重要的計劃書。

他從下班回家一直忙到午夜十二點，也就是昨晚在陽台上發現那雙手的差不多時間，突然聽到「**咚咚咚**」敲玻璃窗的聲音，嚇得他心頭一**震**。

在這午夜時分，屋內只有他一人，誰有本事敲二十四樓的玻璃窗呢？成立青愈想愈心寒。

聲音是從他背後的玻璃窗傳來的，他戰戰兢兢地走過去，拉開了窗簾，眼前的景象令他驚恐得 彈跳起來：

「哇！」

因為他看到窗外有一隻手，正在用手指敲打着玻璃窗！由於那隻手在玻璃窗的底部位置，所以看不到手腕以下的部分。

連續兩晚有人爬到他的樓層，那實在太不可思議了。要知道他住在二十四樓，離地至少有二百多呎，有本事爬那麼高來敲玻璃窗的，要不是蜘蛛俠，要不就是——

想到這裏，成立青不禁渾身發抖，因為他想到了「鬼」！

他從來不太相信鬼神之說，可是在如今這種情形下，他卻想不到其他更有說服力的解釋了。

他勉力使自己鎮定下來，迅速拉上窗簾，不敢再看那隻手，然後立刻離開，飛奔往酒店住上一晚。

第二天，成立青帶着一臉倦容去上班。

他的上司郭明看到他那深深的黑眼圈，滿懷希望地問：「黑眼圈那麼嚴重，你的計劃書應該趕起了吧？」

成立青沒精打采地搖搖頭。

郭明馬上臉色一黑，「什麼？趕工了兩晚還沒做好？你知道這份計劃書有多重要嗎？如果有什麼差池，我和你都**飯碗**不保**！**」

「對不起，這兩晚家裏發生了些事情，令我無法專心工作。」成立青解釋道。

「噢，是嗎？發生什麼事？説來聽聽。」郭明的語氣顯然是不相信成立青的話。

成立青想開口，卻欲言又止，「你還是別問好了，我怕**嚇壞**你。」

郭明一向是個非常**迷信**的人，經常疑神疑鬼、神經過敏，但為了保住上司的威嚴，他命令道：

「**快説！**」

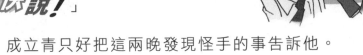

成立青只好把這兩晚發現怪手的事告訴他。

郭明聽了後，起初也很驚慌，但當發現其他員工正在偷笑的時候，他馬上由驚慌變成了**憤怒**，「可惡！知道我怕鬼，就故意編這樣的故事來做藉口，拖延工作嗎？」

「我沒騙你，都是**真**的。」成立青呼冤。

「無論如何，你今天一定要在公司裏完成那份計劃書才可以走！」郭明命令道。

「不行啊。」成立青一臉為難。

「為什麼？」

成立青尷尬地說：「有些文件還在我家裏，我不敢回去拿。昨晚我也是在酒店裏過的。」

這聽起來實在有點荒謬，其他同事都在自己的座位上**忍俊不禁**。

郭明**怒不可遏**，喝道：「我跟你一起回去趕工！」

「你不怕嗎？」成立青詫異地問。

「現在還有什麼比丟掉工作更可怕 ？」郭明反問。

他們兩人先在公司裏處理好部分工作，晚上才到成立青家裏趕工完成餘下的部分。

那仍然是個十分**寒冷**的夜晚，郭明把成立青全屋的窗簾都拉上，一來是為了擋住從窗縫吹進來的西北風，二來是讓大家不要看到窗外**胡思亂想**，要專心工作。

兩人在客廳裏一面啜着咖啡，一面專心工作，過程十分順利，沒遇到什麼**異樣**的情況。郭明愈來愈確定成立青的話是謊言，是藉口。

一直趕工到午夜，也就是前兩晚發生怪事的相若時間，成立青不由自主地**緊張**起來。

這時候，果然有動靜了！外面陽台上突然傳來了一陣

腳步聲。

　　成立青和郭明互望了一眼，顯然大家都聽到了腳步聲，那絕非幻聽或錯覺。

　　他們一起轉頭向陽台玻璃門望去，但看不到什麼，因為玻璃門被窗簾擋着了。

　　不過，他們聽得出，那腳步聲正漸漸向玻璃門。

那窗簾最近才洗過一次，縮短了一些，所以在地面和窗簾之間有一點空隙。

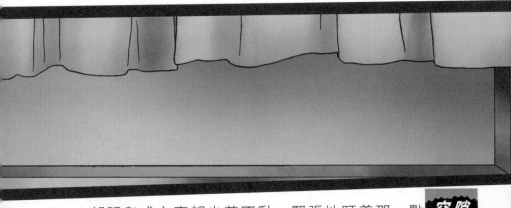

郭明和成立青都坐着不動，緊張地盯着那一點空隙。

忽然之間，腳步聲停止了，一雙腳赫然在那空隙裏出現！

那貼近玻璃門而立的一雙腳，穿着名貴的軟皮睡鞋，一雙鮮黃色的羊毛襪子。

小偷是絕不會穿着這樣的鞋襪來行事的。

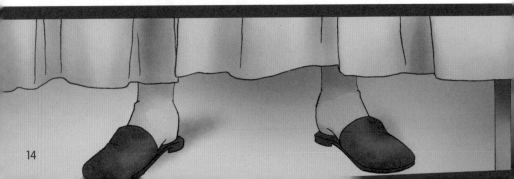

此刻，郭明的臉色比成立青更**白**，雙手緊緊地抓住成立青的手臂說：「告訴我，是你們合起來作弄我的，對不對？」

成立青苦笑道：「誰會在這種天氣、這個時間來開玩笑啊？」

「那……那站在玻璃門外的是誰？」郭明的聲音也在**發抖**。

成立青也很想弄清楚對方是誰，仗着有人作伴，便鼓起勇氣，**衝**過去伸手拉開窗簾。

可是，玻璃門外並沒有人。

但突然之間，成立青和郭明都張大了嘴巴，發出可怕的尖叫聲來：「哇！」

因為他們看到了那對腳，而且真的是只有一對腳：一對沒連着身體，不屬於任何人，穿着黃色羊毛襪和軟皮睡鞋的腳！

那雙腳忽然向外奔去，越過石欄，消失了。

第二章

求助 衛斯理

郭明一向是個非常怕鬼的人，他的反應比成立青更**驚慌**，匆忙拉着成立青離開了住所，回郭明家裏過了一夜。

那已是成立青家裏連續第三天發生**怪事**了。到了第四天晚上，郭明帶着成立青來找我。

那時我剛剛跟白素在戲院看完電影回來，我還因為調查另一些怪事而遲了進場。

回家的路上，白素一言不發，我努力打開話匣子：「剛才的恐怖片一點都不恐怖，導演的技巧太差劣了。」

白素**冷淡**地説：「沒有完整看完一部戲就隨便批評，那是不公道的。」

從這句話就知道，白素在生我的氣。

來到家門前，郭明和成立青已站在門外等着我。

「對不起，讓你們久等了。」我說。

「沒關係，是我們早到了。」郭明道。

我跟郭明家裏的人很熟稔，郭明已不止一次「撞鬼」來找我求助了，但每次都是他自己神經衰弱、疑神疑鬼，往往只是虛驚一場。

他向我介紹成立青，然後把成立青家裏發生的怪事向我講述了一遍。

不屬於任何人、獨立行動的手和腳，那實在是太精彩、太有趣了！我恨不得馬上就去成立青家裏看看。

可是我瞄了白素一眼，想起白素剛剛才因為我調查其他怪事，遲了進場看電影而生氣，如果現在馬上又去調查另一件怪事，這無疑跟自殺沒有多大分別。

於是我只好說：「郭明，你的老毛病又犯了，這世界上根本沒有鬼，是你自己疑神疑鬼而已。」

郭明急着反駁：「不，這次是真的。而且也不是我先看到的，是他三天前就開始發現了。」

「那可能是你們工作太累而產生的 。」我説。

這時，成立青也忍不住開口：「就算是幻覺，不是也很 神奇 嗎？第一天我看到一雙手攀在陽台的石緣，第二天看到一隻手在敲我二十四樓的玻璃窗，第三天我和

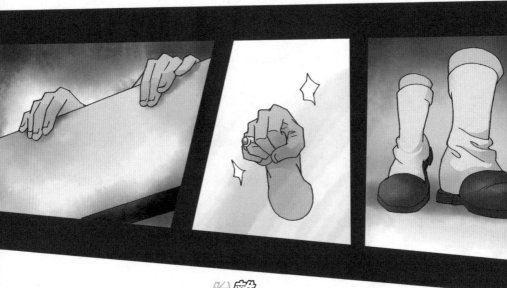

郭明同時看到一雙 脱離 身體、自行走動的腳。」

成立青説出了我的心底話，那一切就算只是幻覺，也十分有趣，我至少想看看他家裏是否有什麼特別的原因，

令他們不斷產生幻覺。

可是，我不敢在白素面前接下這案子。

白素似乎也看出了我的心思，突然開口説：「我們一起去看看吧。」

我以**詫異**的眼神望向她，她説：「就當作是補償你剛才看戲遲到的時間，希望這戲碼會比剛才的**恐怖片**精彩刺激吧。」

我高興地笑了，於是一行四人往成立青的住所前去。

我們到了成立青位於二十四樓頂層的住所。成立青一進屋就打開了玻璃門，讓我走到那個面積十分**大**的陽台上看看。

我一直走到石緣旁，向下望去，下面的行人**小**得幾乎看不到。若説有什麼人能雙手攀在石緣上，那真是不可想像。

我退到屋中，成立青便把玻璃門鎖好，然後他和郭明到飯廳先忙自己的工作，我和白素則在客廳玩 **紙牌** 消磨時間。

一直到了午夜十二點，我發現成立青和郭明開始 **心神**不屬，不停轉過頭來看那玻璃門。

「每次都是在這個時間發生怪事嗎？」我問。

成立青點點頭。

看到他們如此緊張，

我也站起身來，

22

走到玻璃門前，突然指着玻璃門的下端

說：「你們看！」

他們三人都緊張

地跑過來看看，竟見到

了四雙腳！他們不禁

大吃一驚，郭明和成立青更怪叫了起來。

但白素很快就拍打我的肩膀罵道：「別開玩笑了！」

我忍不住笑了起

來：「哈哈，我只是

想紓緩一下緊張的氣

氛而已。」

其實他們看到的那四雙腳，正是

屬於我們四人的，只因為室內光線亮，所以在玻璃上起了

反光，乍一看來，就像是平台外面有腳了。

可是，氣氛緩和了還不到幾秒鐘，我便發現他們三人的神色變得比剛才更*蒼白驚訝*，我笑說：「嘿嘿，想嚇我當作報復嗎？我是不會上當的。」

成立青和郭明都已講不出話來，白素的聲音也在*發抖*：「天啊！就在你的身後！」

我連忙轉回身來，在那一剎那，我也看到了。

我看到了兩隻手！那絕不是我剛才欺騙他們的*虛影*，而是確確實實的實體，不屬於任何人的兩隻手！

那是一雙男人的手，手指*長而粗*，右手無名指上戴着一枚貓眼石戒指。那兩隻手，一隻按在玻璃上，一隻握着玻璃門的把手，似是想將玻璃門推開。但玻璃門是鎖着的，所以打不開。

我們呆在原地，一動也不動。

沒多久，那雙手忽然*快速*越過陽台石緣溜走了。

「你們看到了沒有？」白素驚呆地問。

我向成立青要了玻璃門的鎖匙，打開了門，再次走到陽台上看看。

在那片刻間，我作出了兩個**假定**。

第一，我假定那雙手是假的，橡皮製的，由一個熟練的操縱者以_鋼絲_操縱着；第二，我假定那雙手是真的，那人全身穿上了**漆黑**的衣服，只露出雙手，因此我們

只能看到他的雙手，而看不到他身體的其他部分。

但我走出陽台後，便發現兩個假定都不成立。第一個假定若是成立，那一定有許多**支架**來支持鋼絲的活動，但陽台上幾乎什麼都沒有。

如果說一個人穿了深色的衣服，這本來就是十分牽強的事，我自問身手不弱，但要我像剛才那雙手般，快速從二十四樓撤退，那也是*沒有可能*的事。

「衛先生，那⋯⋯是什麼？」成立青緊張地問。

我搖了搖頭：「那確是一雙*游離*的手，但我暫時還說不出所以然來。」

郭明*面青唇白*地問：「是⋯⋯是鬼麼？」

我仍然搖着頭：「我不認為鬼會像手和腳。」

成立青一臉*困惑*，「剛才，那手似是想打開門來，它到底想幹什麼啊？」

我實在沒有頭緒，只能反問他：「你可認得那雙手是屬於什麼人的？那手上還戴着一枚貓眼石戒指，你想一想！」

成立青呆了許久才說：「我想不出來，如果我曾經見過的話，一定能想起來的。」

成立青實在不敢在這裏再住下去了，他同意把屋子所有**鑰匙**暫時給我保管，讓我繼續調查，而他則暫時住在郭明家，直至我查出結果為止。

可是自那天起，那雙*游離*的手或腳再沒有出現過。

直到**聖誕節**，我和白素獲邀參加一個晚會，晚會主持人楊教授向我介紹其他賓客，在他介紹到「鄧先生」的時候，站在我面前的，是一個**高大**的男子。

那男人禮貌地伸出手來與我握手，我立刻驚呆住了。因為在他的無名指上，戴着一隻貓眼石戒指，而且跟那隻游離怪手所戴的**一模一樣**！

第三章

神秘的？鄰居

　　由於太震驚了，我居然握住那人的手不懂放開，直至他用力將手抽回去。

　　我連忙道歉：「對不起。」

　　那人並沒有說什麼，只是「哼」了一聲便轉身走開。

　　我急不及待地問楊教授：「那是什麼人？」

　　楊教授笑說：「他和你差不多，都是**怪人**。他一生最大的嗜好便是旅行，特別喜歡在東方古國旅行，去探索古國的**奧秘**。他很有錢，供得起他花費。」

「他叫什麼名字？」我又問。

楊教授回答道：「他叫鄧石，我們都叫他**博士**。因為他有許多博士頭銜，全是印度、埃及、伊朗一些名不見經傳的大學頒給他的。他是神學博士、靈魂學博士、考古學博士等等。」

我深吸了一口氣，毫無疑問，那是一個**怪人**。

「對不起，又有客人來了，我要去招呼他們了。」

31

楊教授走開不久，我背後便傳來一把凌厲的聲音：「背後談論人是不道德的！」

我回頭一看，赫然發現鄧石就站在我背後，而且臉上帶着令人反胃的傲慢神情。

鄧石來勢洶洶地說：「**我警告你，別管別人的事情！**」

我冷笑了一下：「我應該管什麼我自己決定。」

鄧石「**嘿**」了一聲，滿臉不屑地轉身走開。

　　我去找正在跟其他賓客聊天的白素，小心翼翼地將鄧石指給她看。

　　當白素看到那貓眼石戒指的時候，若不是我立即掩住了她的嘴，她可能已經大叫起來！

　　這時，我發現鄧石正要離開晚會，於是連忙對白素說：

　　「我要*跟蹤*他，你幫我編個藉口向楊教授交代一聲。」

　　「**喂！**」白素想叫住我，但我已經開始行動了。

　　雖然已是深夜，但因為是節日的緣故，街上仍然是很熱鬧，這對我的跟蹤很有利。

　　我和鄧石保持着一定的距離，跟着他走，漸漸感到正在走的這條路有點熟悉，赫然記起這正是前往成立青住所的路！

　　我抬頭望去，那棟大廈已在前面了。我放慢了腳步，等鄧石步進那棟大廈，進了電梯之後，我才以極快的速度跑過去。

　　我在大堂裏看到那電梯正在上升，一直到「**23**」才停止不動，那時我便知道，鄧石住在二十三樓！

　　我上了另一部電梯，到了二十三樓的時候，步出電梯看了看，發現

二十三樓一共有兩個單位，此時都關着門。

我靜悄悄地走到兩個單位的門前，蹲在地上從門縫看進去，只見其中一道門縫微微透出 **光** 來，由此可知鄧石住在哪一個單位，那正好就位於成立青的住所下面。

我立刻走上二十四樓成立青的家裏，打了一通電話給白素，通知她帶些工具來，還對她說：「一連串**怪事**的謎底，今晚就可以解開了。」

白素來得出乎意料的快，她帶來了一具微波擴大偷聽儀和一具利用折光原理製成的偷窺鏡等等。

我們立刻走出陽台，將潛望鏡對準樓下單位的窗口，可是什麼都看不到，因為窗子被厚厚的窗簾 **遮掩** 着。

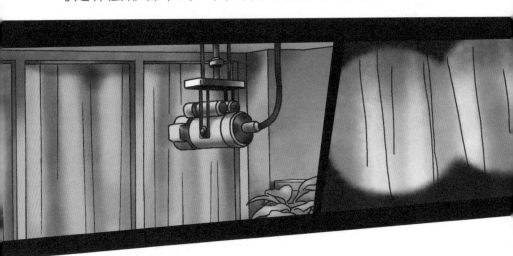

我們又將偷聽器的吸盤 **垂** 下去，吸住了樓下的玻璃窗，然後把耳機塞入耳中，偷聽樓下單位的動靜。

可是，鄧石的單位靜得出奇，連電視的聲音也沒有，不禁令人懷疑他安裝了雙層隔音玻璃。

半小時後，我們都有點**不耐煩**了。

白素説：「既然知道他就住在下面，為何不直接去問他？」

我搖頭道：「他對我的態度十分不友好，只怕問不到答案之餘，還會*打草驚蛇*，令他有所防範。」

「那麼，難道我們就一直這樣聽下去嗎？」

我站了起來，伸了伸懶腰説：「讓我把線路接到屋裏去，你先進去休息一會，待會我們一起在屋裏偷聽。」

白素正要回到屋裏的時候，我們卻看到那扇玻璃門正被一雙手打了開來，那是一雙不屬於任何身體的手**！**

那無名指上戴着貓眼石戒指的右手，握住了門把，將玻璃門推了開來。而左手則拿起了一隻瓷質的煙灰碟，那

是放在成立青屋中一件十分普通的東西。

之後，那雙手拉開了門，然後以極快的速度越過了陽台石緣，一眨眼就**不見了**。

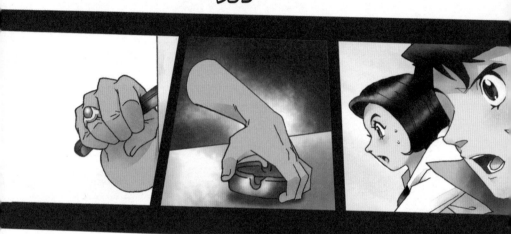

「那是一個不完全的**隱形人**！」白素叫了出來。

說起來倒有點像，但細想之下，我卻不認同，因為隱形人只不過是使人看不到身體而已，並非身體不存在。如果自二十四樓**跌下去**的話，一樣會跌死的。所以，一個隱形人絕不能以剛才的方式越過石緣消失的。

「那雙手偷走了一隻煙灰碟,這是什麼意思?難道煙灰碟中有什麼**秘密**,值得它來偷?」

白素這一問,又提出了許多新的**疑惑**,我決定採納她早前的提議:「不必猜測了,我們下去見他吧。」

正當我們回到屋裏,準備出門的時候,我突然記起忘了鎖上陽台的玻璃門,便轉身回去。

然而,當我一轉過身去的時候,就看到一雙腳正從石緣**跳進陽台**,一步一步往屋裏走來。

白素也看到了,那是一雙連着小腿的腳,穿着軟皮睡鞋和羊毛襪,和成立青所描述的一模一樣。

它們來到玻璃門前,右足抬起,將沒關好的玻璃門頂開。這證明「他不是隱形人」的推測沒有錯,因為若是隱形人的話,一定會用他**看不見**的手來打開玻璃門,而無需用腳頂開。

那雙腳已走進屋裏來了，雖然不是很順利，一下撞到茶几，一下又撞在沙發上，但是跌跌碰碰之下，終於來到了我們前面。我們都不禁**緊張**起來，因為那雙腳繼續向我們走來，**愈走愈近，愈走愈近……**

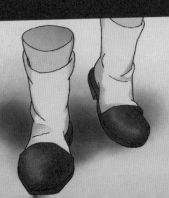

第四章

用笨辦法來窺伺

那雙腳愈走愈近，使我們感到莫大的**威脅**。

出於自衛，我不得不重重地踢出一腳，正好踢在它的右脛骨上。那一腳的力道十分大，連我的足尖也隱隱作痛。

那雙腳急速向後退卻，*蹣跚而行*，顯然是被我踢得疼痛難當了。

那雙腳溜走後，我和白素連忙走到二十三樓，敲鄧石家的門。

敲了近兩分鐘，才聽到鄧石**粗聲粗氣**地問：「什麼人？」

「鄧先生，我們剛才在楊教授的舞會上見過面的，我是衛斯理，還有我的太太。」

等了良久，鄧石才打開一道，傲慢地說：

「*有何**貴幹?***」

我立刻熱情地握着他的手，「鄧博士，幸會。我有些關於東方神秘學的**疑問**想向你請教。」

我熱情地握住他的手，順理成章地走進屋內，白素也很配合地撐開了門走進去，使鄧石沒有任何拒絕的餘地。

鄧石被迫向內退了幾步，急叫了一聲：

「**喂！你們！**」

我和白素馬上就驚呆住了，因為發現除了手上那貓眼石戒指之外，鄧石的腳上也穿着軟皮睡鞋和羊毛襪，而且右足顯得蹣跚不靈，**一拐一拐** 的。我敢斷定，那是剛才被我重重一腳踢中的緣故。

而最令我們駭然的是，剛才怪手從成立青家裏偷去的煙灰碟，如今正放在鄧石家的咖啡几上！

毫無疑問，那一雙游離的手和游離的腳，**都是屬於鄧石的！**

我和白素以客人的姿態坐在沙發上，鄧石**氣沖沖**地問：「你們來我家到底有什麼事？」

「剛才我們一直在二十四樓成立青先生的住所內。」我試探地說。

鄧石保持若無其事的模樣，

「*那又**怎樣**？*」

45

「我想我們應該心照不宣了吧？」白素説。

鄧石伸手向門口一指：「出去！你們這兩個

」

我氣定神閒地説：「你何必這樣？我們什麼都看到了。」

「你們看到了什麼？」

「你的手和你的腳！」我和白素不約而同地齊聲説。

鄧石立刻咆哮起來：「你們就是兩個瘋子！」

他突然 衝 出屋子，來到對面單位的門前，大力拍

門。我們也跟着走了出去，心裏頓時感到不妙，難道住在他對面的是他的同黨？

我已握起拳頭準備戰鬥，此時，一個穿着睡袍的中年男子開門走了出來，我差點一拳打在他的臉上，幸好我及時收回拳頭，否則就犯了**襲警罪**了。

因為那個男子我是認識的，他是位高級探長，姓楊，和我相當熟稔，但我卻不知道他就住在這裏。

楊探長看到了我，也呆了一呆：「啊，衛斯理，是你？鄧先生，有什麼事情啊？」

鄧石瞪着眼：「楊探長，原來你認識這個人？他們剛才硬闖進我家裏，應該如何處理？你不會**徇私**吧？」

「當然不會。」楊探長的回應十分**爽快**，一手搭在我的肩膀上說：「衛先生、衛太太，你們擅闖民居，我要帶你們回去問話。」

楊探長押着我和白素走向電梯。鄧石冷笑了一下，拋下一句「活該」便回到屋裏去。

我和白素心裏卻一直在笑，因為我們知道穿着睡袍的楊探長只是在演戲。等到鄧石關上家門的時候，楊探長便悄聲對我們說：「*來。*」

楊探長招呼我們去他的家裏，問我們到底發生了什麼事，於是我便把事情向他講述了一遍，結果換來他哈哈大笑：「哈哈，衛斯理，你那些古古怪怪的小說寫太多了，將你弄得*神經衰弱*、*思覺失調*！」

我知道再說下去也沒有用，於是只拜託他，如果發現什麼奇怪的事便通知我一下。

我和白素回到成立青的單位，苦思着有什麼辦法可以偵查鄧石的秘密。

「你打算**潛**進他家裏調查嗎？」白素問。

「我本來是有這個打算的，但剛才我看到他家裏安裝了**防盜**系統，雖然我要潛入他家裏是很容易，可是一有人進入

他的屋子，他的手機便會收到通知。」我苦惱地說：「有什麼辦法可以不進他的屋子，而又能夠調查他的**秘密**？」

白素往地板指了指說：「我倒有一個笨方法。」

原來她的笨方法就是在地上鑽幾個孔來**窺伺**樓下單位。這確實是個笨方法，但有效。

我託一位做機械工程的朋友，替我設計一套無聲鑽頭，可以鑽出四分之一吋的小孔，鑽頭是特鑄的**合金鋼**，能穿過堅固的水泥，而且還有吸塵設備，鑽孔時不會有絲毫**灰屑**落入下面的單位，讓事情更難被人察覺。

　　我查看了大廈圖則，知道鄧石的單位與成立青的單位間隔是一樣的。於是我準備了三枝小型的攝像管，都是四分之一吋大小的。這樣的話，當小孔鑽好後，我只要將攝像管 **伸下去**，就可以在三部電視機上看到下面兩房一廳中的情形了。

　　這些安排花了一個星期時間，接着我還聘請了一位私家偵探，監視着鄧石的行動，他一離開家，我就在成立青的屋裏開始鑽孔。

　　第一個鑽成的小孔是通向客廳的，除了看到鄧石走路 **一拐一拐**，腳傷還未好之外，並沒有任何 **異常**之處。

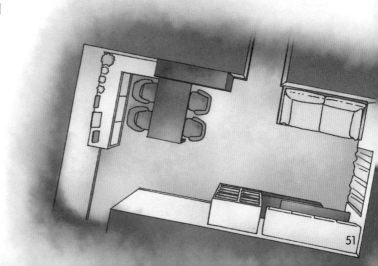

　　過了兩天，我又鑽好了他在睡房裏的小孔，這使我發現了一個**秘密**：他的睡房竟然沒有床，他是躺在一個箱子裏的！

　　那箱子約有六呎見方，他躺下去後，便伸直了雙手，

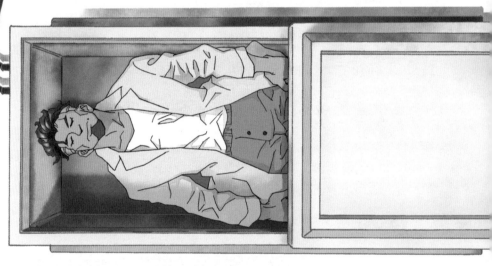

臉向天花板。我真害怕他會發現天花板上的那個小孔，幸好他並沒有發現。

　　鄧石躺下去之後不久，箱蓋便緩緩地自動蓋上，**鄧石**完全被蓋在**箱子中**！

那是棺材嗎 **?** 可是，我發現箱子上有幾條電線連到左側去，電線 **連接** 着什麼東西，卻因攝像管的角度問題，令我無法看到。

兩個小時後，那箱蓋自動移開，鄧石像睡醒一覺似的 **跨出** 箱子，精神顯得非常飽滿。

他走出了睡房，到了另一個房間去。他在另一個房間裏做些什麼，我們無法得知，因為還未在那房間鑽孔。

接下來的幾天，鄧石都在那箱子裏睡上兩小時，而且每次睡醒後，總會到另一個房間去，逗留約三小時才出來。

我和白素深信，只要再花幾天時間鑽通那個房間的天花板，事情就能 **水落石出** 了。

有一天中午，鄧石出去了，我馬上又開始趕工。

眼看再過半小時左右，這個孔就可以鑽成功的時候，門鈴突然 **響** 了起來。

　　我心想一定是白素忘記帶鑰匙了，便走到門口，毫不猶豫地打開了門。

　　怎料，站在我面前的並不是白素，卻是滿臉的鄧石，而他背後還站着幾名壯漢！

第五章　考古之旅

　　鄧石帶來的人如果是流氓或者打手的話，我尚可輕易應付，可是那幾個人卻是**警察**。

　　警察進門後，便將我這些日子以來辛辛苦苦弄好的裝置全部撤走，然後把我拘捕了。

　　到了警署，我被帶到一個小房間去，負責此案的居然就是鄧石的鄰居楊探長！

　　他皺着眉頭説：「這次你的麻煩可不小了。他已委託著名的律師，並且掌握了一切證據，*這場官司，你必敗無疑！*」

　　我呆了半晌，沒想過事情會發展至如斯田地。

　　楊探長搖頭嘆息，「你也太了吧，居然鑽穿

人家的天花板來調查，我看你還是

不要再寫那些古怪小説了，會令你

走火入魔的。」

　　但我突然靈機一動，向楊探長

提出要求：「我要和鄧石見見

面，或者我能使他撤銷控告。」

　　只見楊探長苦笑了一下，「我看這比登天還難，你沒

看到他剛才的表情，好像想把你**碎屍萬段**一樣。不過

你可以一試，我去請他進來好了。」

　　幾分鐘後，鄧石挺着胸，擺出一副**勝利者**的姿

態，推門進來。

「堅持鬧上法庭的話，對你有什麼好處？」我平和地問。

鄧石冷笑着：「至少可以懲戒一下好管閒事的 *偷窺* 狂。」

「可是你別忘記，我已經知道了你的秘密！」我反擊道。

鄧石哈哈大笑起來：「你什麼也不知道！**你對我的事根本一無所知！**」

「是嗎」我胸有成竹地說：「至少，我知道你家裏有一件不屬於你的東西。」

鄧石詫異地問：「什麼東西？」

「你忘記了嗎？你從成立青家裏偷去的那個煙灰碟，我看到它在你的家中。鄧先生，你公然陳列着贓物，這等於是向法律**挑戰**了！」

鄧石顯然沒料到我有此一着，面色**難看**到極點。

我乘勝追擊，聳了聳肩說：「我可以立即請成先生來，會同警方人員一起到你家中去！」

鄧石吸了一口氣：「好，這次算是又被你逃過一劫。但我警告你，**別再來管我的事！**」

可是，我好奇心重的毛病又犯了，忍不住走到他的身邊，認真地問：「說實在的，你的手和腳⋯⋯究竟是怎麼一回事？可以告訴我嗎？」

鄧石二話不說便轉身走出房間，恰巧楊探長經過，他看到鄧石那**悻然**的面色，自然以為我不成功，所以向我苦笑了一下。

但出乎他的意料，鄧石竟然說：「楊探長，

**我不控告他了**，可以嗎？」

楊探長幾乎呆住了，「可以，當然可以。」

鄧石昂着頭離開。楊探長來到我的面前，用**崇拜**的眼神看着我，「你真有辦法。」

我笑而不語。

這時候，白素趕到警局來保釋我，神情極之擔憂，當知道鄧石不再控告我時，才**如釋重負**。但她立刻把我送回家裏「**禁錮**」起來，不准我再踏足成立青所住的大廈半步，免得又被鄧石抓到痛腳，惹上麻煩。

在白素連日來的**嚴密看管**下，我只能從那個飯桶私家偵探口中得知鄧石的最新情況。說他是飯桶私家偵探，是因為他居然連鄧石報了警來抓我也不知道。

然而，這時他卻說出了一個使我吃驚的消息：

鄧石已經搬走了！

　　那是十五分鐘前的事，一輛大貨車載着許多東西走了，那私家偵探總算用相機拍下了當時的情形。

　　也許是為了補償之前的過失，那私家偵探還趁機**潛入**了鄧石的單位，把內裏的情況清清楚楚地替我拍了下來。

　　從照片可見，客廳中的傢俬完全沒有被人動過，而那「睡房」卻**空無**一**物**，房內的東西全被搬走，一件不留。

　　至於另外那個神秘的房間，也是空的。不過在房間的牆壁上，卻滿佈着**奇形怪狀**、十分詭異的凹槽。雖說是奇形怪狀，但細心觀察的話，便會發現那些**凹槽**的形狀好像身體的各個部分，有的像手掌，有的像腳掌，有的是整條手臂，有的是整條小腿，而其中一個凹槽還好像恰好是為頭顱而設的呢！

　　我看得目瞪口呆，那些凹槽到底有什麼作用？難道鄧石可以隨時**割離**自己身體的各個部位，放在凹槽上？

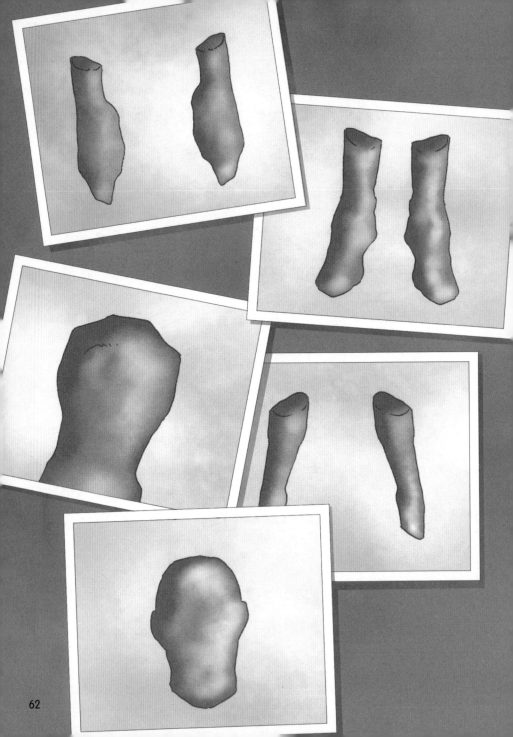

或者他是一個**變態殺手**，喜歡收藏各種殘肢？

　　我嘗試聯繫照片中為鄧石搬家的那輛大貨車，從而追尋鄧石搬到什麼地方去。

　　可是，鄧石非常**狡猾**，當日那大貨車將東西搬到一座空的洋房，而那洋房原來只是個「中轉站」，接着鄧石又轉換了車子，將東西搬到另一處去。這樣便可以**中斷線**索，使人無法追查！

　　我費了不少工夫，卻依然找不到鄧石的**下落**，最後只好放棄。我通知成立青可以回家了，並把鑰匙交還給他，告訴他那些怪手怪腳應該不會再出現了。

後來有一天，我突然收到在開羅大學教授考古學的朋友胡明發來的一封電郵，內容提到他發現了一件 **不可思議** 的事，牽涉到古埃及人製造 **木乃伊** 之 **謎**，更有怪異荒誕的人體支離活動迹象，邀請我立刻前去跟他一起研究。

「**荒誕的人體支離**活動」 這句話深深吸引着我，既然鄧石已經不知所終，說不定我可以從胡明那裏繼續探究游離的手和腳這等怪事的緣由呢。

也許白素認為研究 **木乃伊** 比起招惹鄧石更安全，她居然批准我遠赴開羅探秘，但條件是我必須趕及回來過春節。

到埗後，胡明開車接我到他的教授宿舍，那裏面積之**大**，猶如一個小型的博物館，還有一名女管家專門打理。

胡明帶我走進地窖，那裏幾乎有近八十具木乃伊，還有各種各樣的石棺和殉葬品。

我們來到一張巨大的工作桌前，桌上放着六具石棺。其中一具特別**小**，呈正方形，只有一呎見方，可以説是一個石盒；其餘五個石棺，全是狹長形的，而有一個卻特別**大**，約有四呎長，兩呎寬。

那些石棺的年代極其**久遠**，石棺上全是**蝕剝**的痕迹。

「你那麼急叫我來，就是要看這些石棺嗎？」我説。

「這些石棺**非比尋常**，你打開看看便知道了。」胡明故作神秘地説。

我疑惑地望了他一眼，然後雙手用力揭開那個方形的石盒，發現裏面放着的居然是──**一個人頭**！

第六章

零碎的 木乃伊

當我看到石棺內那人頭時，驚訝得雙手不由自主地鬆了一下，手中棺蓋「啪」的一聲滑落，

跌崩了一角。但我無暇去撿起它，只顧盯着那棺內的人頭看，那是一個被齊頸切下來的人頭，這時當然已成了木乃伊，**乾癟**了，但保存得十分好，五官的輪廓還可以清楚看到。

那石棺是特意為放置人頭而鑿成的，裏面的凹槽恰好是人頭形狀，像是量身訂造一樣，*天衣無縫*。

「棺蓋也是重要古物，*別隨便***掉啊！**」胡明拾起剛才意外掉到地上的棺蓋，顯得很是心痛。

「對不起。」我解釋道：「因為這實在是太奇怪了，我未曾見過這樣**零碎**的木乃伊。」

胡明小心翼翼地把棺蓋放回桌上，説了一句：「**其實**他是**完整的**。」説完便把其餘的石棺都打開了。

我看到那些石棺裏的東西後，就馬上明白了他的意思。

這具木乃伊的確是完整的：在兩具**狹長**的石棺中，

是兩條手臂；另外兩具較大的長形石棺則放着兩條腿；而

大石棺裏所放置的，自然就是身體了。

　　看到這樣的木乃伊，我不禁 心寒 地問：「他生前

犯了什麼罪，受到了 分屍 的刑罰？」

　　但胡明搖搖頭說：「我已經考證過了，他是一個在位

時間極短的法老王，他的金字塔十分小，去年由我帶領的

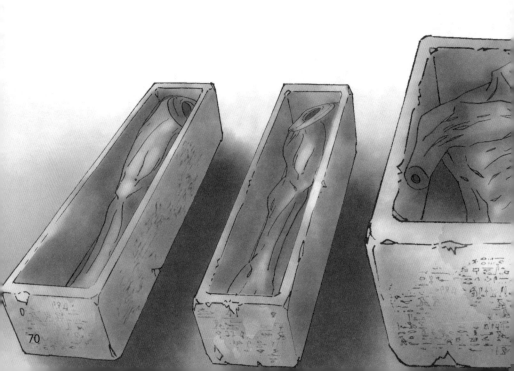

團隊發掘出來。金字塔中並沒有什麼陪葬品，只有這六具石棺。」

這勾起了我的興趣，我好奇地問：「那他的**木乃伊**為什麼會被分成六份？」

胡明嘆了一口氣，「歷史上並沒有一個法老王被**分屍**的記載，關於這個法老王的死，記載上說是突然死

亡的，繼位者是他的叔父。至於他的木乃伊何以被分成六份，這是一個**謎**。」

我立刻想當然地說：「大概是他的叔父想謀位，把他斬成了幾塊。」

但胡明否定了我的推斷：「我請了幾位外科權威專家來研究過，發現這法老王的肢體全在關節處**分離**，接口圓滑自然，所有大小血管都封閉而完好，那是最**鋒利**的金屬利器也做不到的。」

「不是利器割開，那還有什麼方法能把一個人分屍得這樣**圓滑**？」我大感疑惑。

胡明從衣袋裏取出一本日記簿，小心翼翼地將夾在其中的一張剪報拿給我看：「你看看這個新聞。」

那是一則**花邊新聞**，登載這新聞的報紙顯然也不相信它所報導的是事實，所以使用的文字十分簡單，大意

是説：在開羅的一棟房子，有人看到一雙*游離*的手想開

門，而其中一隻手還戴着貓眼石戒指。

我看完這則新聞後，不禁叫了起來：「*原來**他**在*

開羅！」

胡明連忙問：「誰啊？」

「胡明，這件事情你找上了我，真是找對人了！」我指

着他手上的剪報說：「因為我也見過這雙*游離*的手！」

胡明驚訝地望着我問：「真的嗎？」

於是，我將那事情原原本本地向胡明講述了一遍，

他聽了之後，既驚訝又興奮地說：「這正是我的猜想！那

法老王很有可能跟你所講的那個鄧石一樣，具有分離自己肢體的**神奇**力量！」

就在我們得到如此重大發現的時候，樓上突然傳來了女管家的**尖叫聲**，還伴隨着一陣打碎瓷器的聲音。

「發生什麼事？」胡明和我立刻衝上去看看，只見女管家在宿舍大廳裏掩着臉尖叫，同時，我們也看到了令她尖叫的東西——**一雙**游離的**手！**！

　　我毫無疑問地認出了這雙手是屬於鄧石的，因為那右手上正戴着貓眼石戒指，加上我已經不止一次見過這雙手了。

　　眼前這雙手正四處摸索着前進，胡明驚呆得不懂反應，因為這是他第一次看到一雙游離的、不屬於任何人的手。

　　我向前跨出一步，嘗試抓住它們。我雙手合力把其中一隻怪手按在牆上，那隻手是冰冷的，冷得令人有點心寒。

　　這時候，另一隻怪手突然握住了拳頭，向我揮拳過來。

　　我的身子不由自主地向後閃避，連帶我的雙手也鬆開了少許。

　　那雙怪手便趁機擺脫了我，穿窗而去，逃得無影無蹤。

　　我轉過身來，女管家已停止了喊叫，而胡明則面青唇白地望着我。

　　我苦笑了一下，「給它們逃掉了！」

　　「真佩服你的膽量。」胡明的聲音還在顫抖。

　　我卻不以為然，「那沒什麼可怕，

因為我確實知道那雙手是鄧石的，絕不是什麼鬼怪，說到底只不過是一雙手而已！」

「那雙手來我這裏幹什麼？」胡明疑惑地問。

我搖搖頭説：「我也不知道。但它們一定有目的，而且在目的未達到之前，必定會再來！」

話音剛落，地窖裏便傳來了「砰」的一聲巨響！

那聲音十分響亮，似乎是一件巨大的東西跌到地上所發出來的。

　　我和胡明還在相顧愕然之際，地窖已傳來第二下聲響。

　　第二次「砰」的一聲，不如第一下來得響。我立即向地窖跑去，胡明緊跟在我後面。

　　地窖的門一直開着，是我們剛才衝上去看女管家時忘了關的。我們一走進地窖，便知道剛才那兩下聲響發生的由來了。

　　在工作桌上的六具石棺，有兩具的棺蓋已被打開，一具是身子的，一具是頭顱的。

　　「噢，不！」胡明已感不妙，心痛地喊叫起來。

　　我看到那木乃伊的身子仍在石棺中，連忙安慰他：「沒事，木乃伊的身子還在。」

　　但胡明卻苦苦地望着那個正方形石棺，原來，裏面的木乃伊頭已不見了。

「它們為什麼要偷走那個木乃伊頭？」胡明**悲慘**地問。

我搖搖頭説：「我也不知道。不過可以肯定，鄧石和這個已成了木乃伊的法老王，雖然在時間上相隔了幾千年，卻有着**密不可分**的關係，至少他們有一個共同之處，就是肢體可以分離！」

胡明蹲了下來，憐惜地將兩隻跌在地上的棺蓋拾起，我連忙去幫他。

那大的一隻棺蓋並沒有損壞，可是小的那隻，本已跌崩的位置如今崩了更大的一塊，缺口上似乎閃耀着一種**金屬**的光芒。

我們都呆了一呆，仔細看去，發現那棺蓋是由兩塊石片**貼合**而成的，而兩塊石片中間，竟出乎意料地夾着一層金屬片。

第七章

石棺暗藏的秘密

胡明試圖**撬開**合在一起的石片，他是個考古學家，對古物當然是十分愛惜，是以用小刀非常溫柔地慢慢撬着。

但那兩塊石片貼合得相當**緊**，他花了一個小時也撬不開分毫，我不耐煩地説：「**你這樣再花十年也是撬不開的。**」

「你不明白的，考古需要耐性。」

「那你至少也去喝杯水，歇息一下吧。」我勸他。

他便放下了小刀，轉身去沖杯咖啡**提提神**。

我趁他專注沖咖啡的時候，悄悄拿起了一個錘子，果斷地把那棺蓋打碎。

胡明聽到了石頭被**打碎**的聲音，連忙回過頭來驚叫：「**你幹什麼？**」

我解釋道：「那只是普通的石頭而已，裏面的金屬片才有研究價值，而且也只有這個方法才能取出**金屬片**。」

胡明嘆了一口氣，其實他也知道，那兩塊石片貼合得太緊了，根本沒有辦法撬開。而且，石片太**脆弱**了，即使能撬開，那力度也必定會把石片弄得碎裂。胡明深明這一點，只是身為一個考古學家，有其專業的習慣，必須耐心地慢慢嘗試，盡量不損壞任何古物。

我卻把碎石當作垃圾一樣撥開，將金屬片全片取出來，胡明立刻跑來接過金屬片，好像怕我會魯莽損壞它一樣。

那塊金屬片，約有一呎見方，**很薄**，閃着烏黑色的光芒，十分堅韌，而且，其中一面還刻滿了奇異的文字。

雖然我不是那方面的專家，但我認得其中幾個符號，不禁叫了出來：「**是古埃及文字！**」

胡明立刻拿起**放大鏡**，聚精會神地研究着金屬片上的文字。我充滿期待地等着胡明的研究結果，因為他是埃及古代文字的專家，應該可以讀懂金屬片上的文字內容。

可是，等了很久，他還是一言不發，我禁不住問：「**上面寫着什麼？**」

胡明搖搖頭，「不知道。」

「什麼？那不是古埃及的文字嗎？」我很驚訝。

胡明一臉**迷惘**地說：「雖然那上面的確含有不少古埃

及文字，但也有很多其他古怪的符號，使我無法理解當中的意思。」

「連你也看不懂，**那還有誰能 看懂啊？**」我這話並非開玩笑，要知道胡明是這方面數一數二的權威。

他謙虛地說：「**天外有天，人外有人**。這世上一定有人比我強，能讀懂這些文字。」

「那個人是誰？」我反問。

他一時間當然答不出來。可是，我們沉思了一會，幾乎同時想起了一個人，齊聲說：「**鄧石！**」

這個假想非常合理。我說：「鄧石那雙手來這裏偷東西，並不是直接就去偷木乃伊頭，而是先揭開身子的棺蓋，接着又揭開頭部的棺蓋，最後才把木乃伊頭偷走的。那表示它們沒有 **明確** 要偷的目標，而是當場決定要拿走什麼。」

胡明接着我的分析説：「但如果鄧石沒有明確想偷的東西，他的雙手就不會特意前來我的宿舍，更不會在**逃走**後又馬上回來這裏再偷。」

「沒錯。」我説：「在木乃伊頭的石棺蓋中，有着這樣的一片金屬，顯然是一個**秘密**。如果這棺蓋並不是意外跌了兩次的話，這金屬片有可能永遠都不被發現。因此，我們可以假定，鄧石是知道這木乃伊**暗藏**秘密，才會用他的雙手來偷；但他又不知道秘密所在，所以他的雙手要當場搜索，而在**匆忙間**選擇了盜走木乃伊的頭，卻不知道秘密其實藏在棺蓋中。」

胡明點頭認同，「既然他知道木乃伊暗藏着秘密，説不定也知道這金屬片上寫的內容是什麼。我們的當務之急，便是要找到鄧石這個人，可是，我們怎樣才能找到他呢？」

「不必找，他自己會來。」我

胸有成竹地說：「因為他想要的東西，

還未到手。」

那女管家不知什麼時候逃走

了就沒有再回來，屋中變得更

清靜。

我和胡明兩人各據

一張躺椅，在地窖的門口

等候着鄧石的雙手再

次到來。

一直等到凌晨

三時，胡明捱不住

睡着了，而我勉強支持

到清晨四時左右，也快撐不住了。

就在我的眼皮快要**塌下來**的時候，鄧石的雙手終

於出現！

它們推開了門，向地窖飄了進去。

我立刻推醒胡明說：「來了！」

胡明驚醒過來，四面張望着。我低聲

告訴他：「**已經進去了**。」

胡明也低聲問：「**是一雙手？**」

我正在點頭的時候，地窖裏傳出了好幾下「砰砰」的聲音，胡明緊張得想衝進去，但我拉着他説：「我們不進去，只在門口看着，等它們走的時候，我們便跟在後面，去找鄧石。」

胡明顯然很難同意，因為那雙手正在他的工作室裏**搗亂破壞**，它們在那五個石棺上逐一反覆地摸索着，最後決定把那個原本擺放木乃伊頭的空棺拿走。

一雙可以單獨行動的手，竟能夠克服地心吸力，捧

着沉重的石棺**懸空前進**，的確是一件不可思議的事情。而這事情就在我們的眼前發生，一雙游離的手正捧着那石棺，從地窖裏**飄出來**。

　　我和胡明立即跟在後面。由於它們捧着沉重的石棺，行動不像上幾次那樣*靈活**快捷*，所以我們跟蹤得十分順利。

　　十多分鐘後，我們來到了一條非常冷僻的街上，這個時分街上沒有人，但路邊卻停着一輛車。

　　那雙手到了車旁。車子看上去是**空**的，但是車窗開着。那雙手將石棺從車窗*拋了**進去*，然後它們自己也飄進了車窗。

　　這時候，我們都知道，那雙手準備駕駛車子離去。

　　我們立即跑向車子，當我伸手拉開車門之際，車子已響起了引擎發動的聲音。我看到那雙游離的手扶在駕駛盤上，而一雙游離的腳則*操縱*着油門和其他組件，車子應聲開動。

　　我的手握在門把上，向前奔了幾步，如果我不放手的話，勢必要跟著車子**賽跑**，而我又怎跑得過車子呢？

　　但我好不容易才有了追蹤鄧石的機會，若是放了手的話，**可能就永遠都找不着他了！**

車子愈開愈快，我伸出手臂勾住了窗框，身子**懸空**地掛着。胡明擔心地望着我，但我馬上就看不見他了，因為車子這時已**轉了彎**。

我不禁心頭一震，因為我想到，一雙手和一雙腳雖可以操縱車子，但缺少了眼睛，又怎能恰當地轉彎呢？

我連忙轉過頭，向車中望去，眼前的景象嚇得我雙手一鬆，**跌了**下來！

我在地上**滾了幾滾**，撞在牆上，再抬起頭來的時候，車子已開遠了。

剛才我之所以會突然被嚇得鬆開手臂，跌了下來，是因為看到了一顆獨立存在、沒有**連接**任何身體的活生生的頭！

第八章
神秘**木乃伊**的**來龍去脈**

　　我自問不是一個**膽小**的人，死人的斷頭我見過不少，活人的斷頭也目睹過，不過那是魔術、是戲法，我一點都不覺得驚訝。

　　可是，那個鄧石的頭卻並非戲法，而是真正跟身體**分離**，卻又活生生的人頭！它讓人看了有一種很**噁心**的感覺，胡明只是聽我的描述也想吐。

　　我們回到胡明的宿舍，坐在沙發上，慢慢讓情緒**平伏**下來。

　　轉眼就**天亮**了，當曙光射進屋子裏的時候，胡明

開口説：「那雙手還會再來嗎？鄧石這次只拿了石棺，卻仍未得到他想要的東西。」

我搖了搖頭，「這個很難説，他的行動已被我們**識破**，不會笨到連續三次用同一種方法來盜竊的。」

「他會用其他方法奪取他想要的東西？」胡明顯得很擔心。

就在這個時候，胡明的手機突然**響**了起來，他接聽了，面上露出驚訝的神情，然後就把手機遞給了我，「找你的。」

我的反應比他更驚訝：「**我的？**」

我到開羅才一天，除了白素之外，誰會懂得打胡明的手機來找我呢？可是，白素要找我的話，會直接打我的手機，何需那麼**轉折**？

我大惑不解，接過了手機說：「誰？」

那邊的聲音十分**陰森**：「衛斯理？」

我一聽到那聲音，便心頭一震，隨即竭力地鎮定心神，回答道：「是的，鄧先生。」

胡明得知對方就是鄧石，面色也變了。

「我想見見你們——你和胡明教授。」鄧石開門見山地說。

我便直接邀請他：「**你可以來我們這裏。**」

但鄧石拒絕：「不，我給你們一個地址，請你們來看我。我們之間，其實有很多事情是可以商量的。」

去他的地方，風險自然**高**得多。我吸了一口氣，還是答應了：「好，你在什麼地方？」

鄧石把地址告訴了我，然後說：「我等着你們。」

我和胡明依照鄧石所說的地址，穿過幾條小巷，來到

了一棟偏遠的**石屋**。我們正想敲門時，門就已經打開來了，裏面傳出鄧石的聲音：「**進來吧！**」

屋中的陳設很簡單，我和胡明才一走進去，便看到了桌上的方形石棺，裏面還放着那**木乃伊頭**，這正是鄧石分兩次從胡明的地窖中偷取出來的東西。

我冷笑道：「怎麼樣？叫我們來參觀賊贓嗎？」

鄧石嘆了一口氣：「衛斯理，我們之間就不能消除敵意嗎？」

我冷冷地説：「**敵意？**那是你建立起來的，還記得在聖誕晚會上初次見面，接着在你的府上，再到後來的警局中，你是如何敵視我的嗎？」

「那是過去的事了，是不？」鄧石説。

他似乎想與我和解，但我不得不保持**戒心**：「你要見我們，究竟是為了什麼？請直説吧。」

鄧石吸了一口氣，「我想向胡博士討一點東西，和他共同研究一些問題。」

「討什麼東西？」我問。

鄧石步近桌子，指着那木乃伊頭説：「胡博士，你研究這具木乃伊已有許久了，應該發現了這具木乃伊的**秘密**，是不是？」

「我確是研究了許久，但還未有結論，只有一個假定，就是假定這個法老王生前有着一種特殊的本領，可以使自己的肢體**分離**。」

胡明講到這裏，頓了一頓，然後說：

「就和**你一樣！**」

鄧石顯得頗冷靜，因為在我們面前，他的肢體能分離

99

已不是什麼秘密。他說：「這事必須從頭說起。這具木乃伊生前是一個生性孤僻的法老王，我敢斷定，他曾經有過一次**奇遇**，使他變成了一個肢體可以游離活動的人。估計後來某一天，他的肢體正處於游離狀態的時候，被人發現了，人們以為他中了邪，便把他的肢體活生生的製成木乃伊。」

鄧石的話十分**駭人聽聞**，我和胡明聽了都不出聲。

呆了片刻，鄧石才緩慢地說：「過了兩千多年，同樣的**奇異**遭遇，降臨在第二個不幸的人身上！」

我沉聲道：

「**這個人便是你。**」

鄧石點了點頭。

胡明迫不及待地問：「那是什麼樣的奇異遭遇呢？」

鄧石避而不答，只説：
「我只知道這個法老王和我的
遭遇一樣，他身上應該有些東
西可以解決我的**困境**。」

「是什麼東西？」我試探地問。

鄧石猶豫了一下説：「例如**一片金屬**。」

胡明失聲道：「那金屬片
到底有什麼秘密？」

鄧石頓時露出驚喜的神色，
「原來你們已經找到那金屬片了？

我可以

用任何代價來換取它，

任何代價！」

他連續講了兩遍「任何代價」，我便知道我們手中已握住了**王牌**，我擺出高姿態問他：「什麼叫做任何代價？」

「譬如説，我在馬來西亞有七座錫礦和三座橡膠園。」鄧石見我沒有反應，又補充道：「還可以加上一座我在錫蘭的茶山。」

我搖了搖頭：「我和胡博士都不是貪財的人，我們只有一個條件，就是你把

你的奇異遭遇，變成肢離人的**來龍去脈**，一字不漏的告訴我們！」

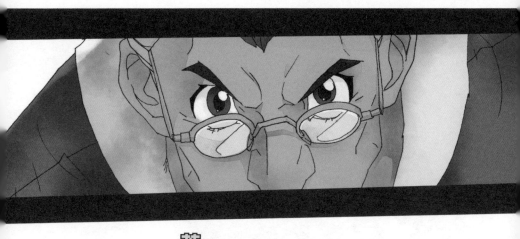

他面色突然變得**蒼白**，雙眼透出仇恨和憤怒的目光，警告着我：「如果你們現在不接受我的條件，一定會後悔的。」

我立即毫不客氣地回敬：「如果你現在不接受我們的條件，你才會後悔。你要知道，我最擅長把古物**毀掉**。」

我說這句話的時候，胡明也露出了身受其害的苦笑。

「**你！**」鄧石氣得說不下去，忽然掏出了一把手槍！

我大吃一驚，連忙踢起一張椅子干擾鄧石，然後趁機拉着胡明一起奪門而逃。

接着，**槍響了!**

我和胡明只顧向前拚命奔逃，幸好在路邊遇到了一輛的士，便立刻**跳上車**，吩咐司機駛去胡明的宿舍。

一回到宿舍，我便催促胡明趕快拿了那金屬片，然後馬上又出門，坐車去了一間相當冷門的酒店住下來，不讓鄧石找到。胡明亦向學校請了假。

鄧石找不到我們的下落，着急地打電話給胡明，我教胡明這樣回答：「鄧先生，請在電話裏講出你的**奇異**

遭遇。」

　　如果鄧石真的願意講出來，那麼胡明就把通話錄音。但若果鄧石依然拒絕，那胡明就二話不說掛掉電話，直至鄧石願意説為止。

　　結果一連三天，鄧石都打電話來，但最後都被胡明掛了線。

　　到了第四天早上，我正在浴室淋浴時，彷彿聽到有人**敲門**的聲音。由於時間還很早，我以為那是酒店的侍者來收拾房間，而且胡明也是個相當機智的人，所以我並沒有將這敲門聲放在心上。

　　可是，等我淋浴完畢，從浴室走出來的時候，只見胡明的床上有**掙扎**的痕迹，房門半開着，**而胡明已經不見了！**

第九章
跟一隻手 博奕

「**胡明！胡明！**」我一面叫，一面追出門外，途中遇到一名女侍者，便急不及待地問她：「請問有見到胡先生嗎？」

「有啊，剛才胡先生好像中了——」那侍者頓了一頓，似乎想說「中了邪」，但身為酒店職員，不能影響酒店形象，於是說：「好像有點匆忙，腳步**跟蹌**地下了電梯。」

我頓感不妙，追問道：「*他是一個人嗎？*」

「是的，他一個人，可是看他的樣子——」那侍者又吞吞吐吐起來。

我知道她不方便說，便直接問：「*好像被人逼着走進電梯一樣？*」她用力地點頭。

這時我便知道，是鄧石那雙手挾持着胡明離開酒店的。

女侍者忽然用**奇異**的目光看着我的腰間，尷尬地說：「衛先生，你⋯⋯」

我垂頭一看，才發現自己只圍了一條浴巾，

而且那浴巾還**搖搖欲墜**、

快要掉下來的樣子。

「對不起！」我比她更尷尬，

連忙跑回房間裏，關上門。

回到房間後，我立刻仔細地觀察牆上的油畫，因為我們將那金屬片藏了在畫框後面，而且還在畫框的四角做了**記號**，絲毫的移動都能輕易察覺到。

我確定那幅畫沒有被移動過後，突然就聽到胡明手機的鈴聲響起，原來他的手機仍在房間裏，我馬上拿起接聽，可是一接聽，對方就**掛線**了。

我正失望之際，手機馬上收到了一個**定位地址**，是鄧石發來的，顯然是要我到那地址去找他。

我以最快的速度換好衣服，立刻出發前往該地點。

那個地方不是很遠，卻非常**隱蔽**，是一堆丟空了的舊房子，四周都已經沒有人居住。

我走進其中一座舊屋，馬上就聽到鄧石的聲音：「衛先生。」

我回過頭來，鄧石已站在我面前。

「胡明呢？」我開口就問。

「我把胡博士帶到了一個秘密的地方，而你就是決定他能否恢復自由的人。」

這該死的**鄧石！**本來是他要聽我們提出條件的，但如今，我卻要聽他的條件了！

「交出那金屬片，我就放了他。」他冷冷地說。

這令我十分為難，胡明是我的老朋友，我當然要盡一切力量去救他。但就算我願意放棄那金屬片，以胡明視考古如命的性格，恢復自由後也會立即與我*絕交*的！

「還有第二個辦法嗎？」我問。

「沒有。」鄧石*斬釘截鐵*地說：「你只要將那片對你來說一點用處也沒有的東西交出來，就可以得回你的朋友。」

我盡量拖延時間：「那金屬片對我來說，倒也不是一點用處也沒有的，至少，它曾經可以換到一筆十分可觀的*財富*。」

鄧石「嘿嘿」的笑着說：「可是你白白錯過了那機會。」

「請給我十天時間考慮考慮。」我希望多*拖延*幾天，盡快將金屬片上的秘密破解出來，才把它交給鄧石。

怎料鄧石卻說：「*十分鐘*。我只能給你十分鐘的時間去考慮。」

「十分鐘？開玩笑嗎？」我怒氣衝天，「好，買賣談不成了，我立即去報警，看你有什麼好收場。」

鄧石卻異常鎮定：「我本來就沒有什麼好收場了，還怕什麼？但可憐的胡博士以後就不能再考古了，而世上又會損失一名傑出的學者。**九分鐘**。」

可惡的鄧石，他已經在倒數了！我嘗試說服他：「鄧石，如果你肯**開誠佈公**，將你遇到的困難告訴我，我或者可以幫助你！」

鄧石冷然道：「你唯一能幫助我的，就是把金屬片交給我。**八**分鐘。」

「三天！給我三天時間！」我討價還價。

他的右手突然拔出了**細小**的掌心雷手槍，說：「只剩下**七**分鐘了，如果到時你還沒給我答覆，我將毫不猶豫先開槍殺了你，然後再去除掉胡明。」

我盯着他持槍的手，心中正盤算着用什麼招式將他手中的槍奪過來，這可說是我的拿手好戲。可就在這個時候，怪事發生了。

鄧石的腕骨上忽然發出一陣如同扭開瓶蓋的 _軋軋聲_ ，然後，他的右手竟突然離開了他的手腕， _向上升_ 了起來，一直升到將近天花板處才停下，槍口依然對着我！

這是我第一次親眼看到鄧石的手脫離他的身體，我驚呆得說不出話來。

「 **五分鐘** ！」鄧石又報時了，剛才的怪事花去了兩分鐘！

如今，鄧石持槍的手已上升到天花板處，我身手再好也難以把它奪下來。

「這究竟是怎麼一回事？你是如何做到的？」我禁不住問。

鄧石沒有回答，只是報時：「**四分鐘**。」

「你到底碰上了什麼奇遇，使你變成這樣噁心的**支離人？**」我繼續追問，還故意挑釁他。

但鄧石很冷靜，「不論你怎樣説，我要的只是那金屬片，**三分鐘！**」

我後退了一步，那隻手也跟着我向前移動了一下，我知道我是無法退出門口去了。

「別想離開了，**兩分鐘**。」

我不安地急促動着腦筋，可是卻聽到頭上響起了「**卡**」的一聲，那是手槍的保險掣被打開的聲音。

當鄧石説出「**一分鐘**」的時候，我不得不投降説：「好了，你贏了。但東西不在我身邊，我要去拿。」

「我會跟你去。」鄧石説。

我當然知道他不會讓我自由離開，但只要他和我一起

走，路上我就有充足的時間可以找機會反制他。

可是突然之間，我感到有東西鑽進了我的外套裏。我

正想 *擺脫*，鄧石便厲聲喝道：

「別動！那是我握住了槍的手！」

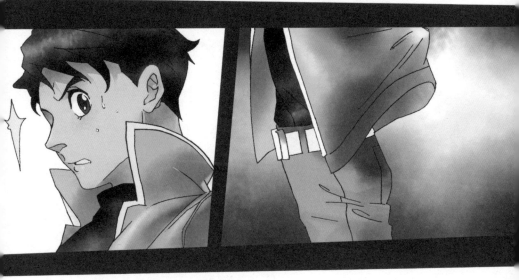

「這算是什麼？」我氣憤地問。

「我的手跟你去，它會在你沒法子摸到的背心位

置上。」鄧石警告說：「如果有什麼東西碰到了我的

手，或是你脫下外套，甚至我發覺你在拖延時間的話，

我都會開槍！」

在這樣的情形下，我只能聽憑他的吩咐了。

坐車回到了酒店，我在房間裏**團團亂轉了**許久，想着辦法。

但我感到鄧石的手正在緩慢挪動，槍口從我的心臟位置移向其他沒那麼重要的部位，我馬上明白到他的用意，他是想開槍**警告**我不要拖延時間，但又不想把我殺掉。

我着急了起來，突然靈機一動，想到雖然碰不着鄧石的手，但如果我手中有槍的話，卻是可以**彎到背後去**，射中鄧石的手！

我立即取槍在手，以背部對着鏡子，慢慢地將手臂向後彎去，瞄準背後**隆起**的部位。當然，方向不能向着我自己的身體，不然那就是自殺了。

但問題是我射中它之後，它會不會還能開槍呢❓

這是好比俄羅斯輪盤的生死博奕，但我不得不放手一博，

因為我感覺到它也快要開槍了！

於是我下定決心，**開了一槍！**

第十章

可怕的 *意外*

我的槍配了滅音器，所以只發出**極其**輕微的聲響。

接着聽到了「啪」、「啪」兩下東西跌下來的聲音。

我連忙轉過頭去，看到那支掌心雷手槍跌在地上，而一隻鮮血淋漓的手正在地上亂爬。

我一腳踏住了那柄槍。就在這時，那隻**鮮血淋漓**的手**跳了起來**，撞到門上，

似乎想逃出去。它勉強握住了門把，卻又無力轉動。

　　那手「啪」的一聲，又跌到了地上，然後**迅速**地移向窗口。我發現窗沒關好，緊張地脫下了上衣，向那隻手**罩了 下去**，用力按着，防止它逃走。

　　那隻手極力地掙扎着，我們角力了幾分鐘後，只見它滲出了大量的血，然後動也不動了。

　　我**掀起**那上衣，看到那隻手變得十分蒼白，血已經流盡了，儼如一隻「死手」。

　　突然，一個人像是發了瘋的公牛一樣，撞門衝了進來。

他就是鄧石！他左手抓起了那隻手，在地上痛苦地**打滾**着。

自他的喉中，發出了一種十分奇異的聲音來。等到他停止了打滾，停止發出那種可怕的聲音，再站起來時，我發現他的右手已經接回到右腕上去了。

而且，右手的顏色也不再那麼**蒼白**，已有了隱約的血色，但傷口處仍然滲着少許鮮血。

「鄧先生，你手上的傷口需要**包紮**。」我説。

鄧石怒吼一聲，衝向地上那柄手槍，但是我快他一步把槍撿起。

「鄧石，我剛才是逼不得已才開槍的。」我拿槍指着他，命令道：「**快放了胡明！**」

鄧石喘着氣，望着我。

我威脅道：「你的右手如果再中幾槍的話，恐怕就

會完全**廢掉**了。所以我勸你盡快通知你的黨羽，放了胡

明，讓他快回到酒店來。」

這時候，我已完全佔了**上風**。

鄧石只好用左手掏出手機打電話，交代他的黨羽放人。

過了二十分鐘，房門推開，胡明回來了。

「**你們會後悔的，一定會後悔！**」鄧石一邊說，一

邊跟蹌地離去。

鄧石離開後，胡明第一件事就問：「那金屬片還在嗎？」

我點了點頭，並把剛才的事情經過告訴了他。

胡明也說出了他的遭遇，那和我估計的差不多，他是在我淋浴的時候，被鄧石的手挾持而去的。後來他被**禁錮**在一輛貨車裏，遭一名大漢**監視**着。

我們兩人都講述了自己的遭遇後，決定開始分工合作。

胡明盡一切能力去研究金屬片上那些古怪文字。而鄧石吃了那麼大的虧，肯定不會就此罷休的，所以我就負責保護胡明，使他的研究工作**不受干擾**。

胡明點頭贊成，連忙掀起了油畫，將那金屬片取了出來，放在懷中，說：「走，我上大學的**研究院**去研究，但過程中需要其他人的幫助，你不會反對吧？」

我猶豫了一下說：「你在選擇助手的時候，可得小心一些。當然，我會守在你研究室外面的。」

胡明的研究室在教學大樓的頂樓，那是一個十分**大**的房間，我先檢查了一下四周的環境，除了近走廊的一個門口之外，並沒有別的通道可以進入那房間。

我吩咐胡明將所有的窗子完全關好，而我，則把守着門口。

胡明開始從許多**典籍**上去查那金屬片的文字，在開始的幾小時內，胡明一個人獨自研究，但沒多久，他就找來了愈來愈多的學者，共同研究。

　　那些獲邀的學者都在不同範疇有特別專長，他們與胡明天天埋頭研究，天天都有新發現。例如，某天有學者認為那金屬片是古人用來 **鎮邪** 的；某天，有學者看出文字當中夾雜了 **音符** ♫，所以大家才會看不懂它的意思，繼而又得出結論這其實是一篇詩歌。接着，他們開始很努力地一字一句的把文字翻譯下來。

　　才幾天時間，胡明就向我表示 **進度不俗**，他們已譯好了十分之一的內容，相信一兩個星期內就能全部完成。

　　這時研究室的門口已聚集了很多人，他們大部分都是學生，因為知道許多權威學者正在從事一項**神秘研究**，都紛紛前來湊熱鬧。不過，人多也有好處的，至少鄧石會有所顧忌，不敢明目張膽地行動。

　　那天下午，有三個人各自捧着厚厚的書，向研究室的門**衝**了過來，我連忙攔住他們問：「三位是？」

走在最前面的是一個**瘦子**，一副權威的神氣，向我瞪眼喝道：「讓開！我是貝克教授！」

「對不起，貝克教授，請先等等。我要先跟胡明教授確認一下，才能讓你進去。」

但那貝克教授十分強硬，竟想用力撞開我，他喝道：「**走開**！」

我當然不會給他撞倒！我立即伸手按住了他的手臂，如果在別的場合，我可能一用力就將他的手骨**扭斷**。但如今我是在大學研究室之外，當然不便傷人，我只是稍一用力，貝克教授便好像見到**木乃伊跳舞**一樣怪叫起來。

這時候，胡明從室內往外喊：「貝克教授麼？快進來，我們碰到一個難題需要你幫忙解決。」

　　胡明這樣一叫，我自然也鬆開了手，貝克**氣沖沖**地打開門，走了進去，在他後面的兩個人也跟着進了去。

　　我本來還想阻止那兩個人的，但是剛才阻止貝克卻幾乎鬧出了笑話，所以我猶豫了一下。而就在我猶豫那一瞬間，那兩個人已走進去了。

　　沒多久，我就發覺事情有點不對頭，因為**房間內竟然沒有一點聲音傳出來！**

　　剛才還在熱烈地**爭論**着的，如今竟靜得一點聲音也沒有。

　　我連忙推門，門竟從裏面**鎖住**了！我大聲地叫着，拍着門，但始終沒有人回答。事情實在是太嚴重了，我用力地撞門，圍在門外的學生也來幫忙，終於將門撞開。

　　而當我看到研究室內的情形時，**我幾乎昏了過去！**

　　研究室裏的人仍然很多，但是，每一個人都躺在椅上，或倒在地上，他們並不是死了，而是昏迷了。而空氣中，瀰漫着一種極其難聞的麻醉藥氣味，所有的人都是被那種強烈的麻醉藥弄昏了。

　　那真是百密一疏，而最可怕的是，後來醫院證實，那種麻醉劑含有強烈的**毒性**，將胡明和那些學者們的腦神經組織徹底破壞，使他們全變成了——傻子。（待續）

戰戰兢兢

聲音是從他背後的玻璃窗傳來的，他**戰戰兢兢**地走過去，拉開了窗簾，眼前的景象令他驚恐得彈跳起來：「哇！」

意思：「戰戰」是指因為害怕而發抖，「兢兢」是小心的樣子，這成語就是形容非常害怕而微微發抖的樣子，也可以指小心謹慎的樣子。

忍俊不禁

這聽起來實在有點荒謬，其他同事都在自己的座位上**忍俊不禁**。

意思：「忍俊」指忍笑，「不禁」即是控制不了，這是說忍不住笑了出來。

怒不可遏

郭明**怒不可遏**，喝道：「我跟你一起回去趕工！」

意思：指憤怒得難以抑制。

虛驚一場

郭明已不止一次「撞鬼」來找我求助了，但每次都是他自己神經衰弱、疑神疑鬼，往往是**虛驚一場**。

意思：指事後才知道是不必要的驚慌。

心神不屬

一直到了午夜十二點，我發現成立青和郭明開始**心神不屬**，不停轉過頭來看那玻璃門。

意思：指人魂不守舍，不能集中注意力。

打草驚蛇

他對我的態度十分不友好，只怕問不到答案之餘，還會**打草驚蛇**，令他有所防範。

意思：比喻行事不夠周密，使對方有所警惕而預先作出防範。

蹣跚

那雙腳急速向後退卻，**蹣跚**而行，顯然是被我踢得疼痛難當了。

意思：雙腿不靈活，走路緩慢、搖擺的樣子。

若無其事

鄧石保持**若無其事**的模樣，「那又怎樣？」

意思：好像沒有發生任何事似的，或是形容不動聲色或漠不關心的樣子。

心照不宣

「我想我們應該**心照不宣**了吧？」白素説。

意思：指彼此心裏明白，而不用公開説出口。

水落石出

我和白素深信，只要再花幾天時間鑽通那個房間的天花板，事情就能**水落石出**了。

意思： 比喻事情真相大白。

悻然

鄧石二話不說便轉身走出房間，恰巧楊探長經過，他看到鄧石那**悻然**的面色，自然以為我不成功，所以向我苦笑了一下。

意思： 怨恨憤怒的樣子。

如釋重負

這時候，白素趕到警局來保釋我，神情極之擔憂，當知道鄧石不再控告我時，才**如釋重負**。

意思： 像是放下重擔似的，形容緊張心情過去之後的輕鬆愉快。

天衣無縫

那石棺是特意為放置人頭而鑿成的，裏面的凹槽恰好是人頭形狀，像是量身訂造一樣，**天衣無縫**。

意思： 比喻事物周密完善，找不出什麼毛病。

不以為然

我卻**不以為然**，「那沒什麼可怕，因為我確實知道那雙手是鄧石的，絕不是什麼鬼怪，說到底只不過是一雙手而已！」

意思： 指不認為是對的，用作表示不同意或否定。

聳人聽聞

鄧石的話十分**聳人聽聞**，我和胡明聽了都不出聲。

意思： 指誇大或捏造事實，使人聽了之後感到驚異或震動。

來龍去脈

我們只有一個條件，就是你把你的奇異遭遇，變成肢離人的**來龍去脈**，一字不漏地告訴我們！

意思： 比喻事物的來歷或事情的前因後果。

開誠佈公

鄧石，如果你肯**開誠佈公**，將你遇到的困難告訴我，我或者可以幫助你！

意思： 指以誠心待人，坦白無私，打開自己的心扉。

沒精打采

成立青**沒精打采**地搖搖頭。

意思： 形容精神不振，提不起勁。

欲言又止

成立青想開口，卻**欲言又止**，「你還是別問好了，我怕嚇壞你。」

意思： 想說又停止不說，形容有難言的苦衷。

名不見經傳

他叫鄧石，我們都叫他博士。因為他有許多博士頭銜，全是印度、埃及、伊朗一些**名不見經傳**的大學頒給他的。

意思： 形容平凡，沒有名氣。

思覺失調

哈哈，衛斯理，你那些古古怪怪的小說寫太多了，將你弄得神經衰弱、**思覺失調**！

意思： 一種腦部疾病，包括精神分裂症、妄想症等，一般會有妄想、幻覺、思想及言語紊亂等情況。

窺伺

原來她的笨方法就是在地上鑽幾個孔來**窺伺**樓下單位。

意思：指暗中觀察或監視。

當務之急

我們的**當務之急**，便是要找到鄧石這個人，可是，我們怎樣才能找到他呢？

意思：當前急切應辦的重要事情。

身受其害

我說這句話的時候，胡明也露出了**身受其害**的苦笑。

意思：「身受」即親身受到，全句意思是親身受到某人或某事的傷害。

黨羽

我勸你盡快通知你的**黨羽**，放了胡明，讓他快回到酒店來。

意思：指惡勢力集團裏，除了首領以外的人。

衛斯理系列 少年版 02

支離人 上

作　　　者：衛斯理（倪匡）

文 字 整 理：耿啟文

繪　　　畫：余遠鍠

助理出版經理：周詩韵

責 任 編 輯：蔡靜賢

封 面 及 美 術 設 計：Chili

出　　　版：明窗出版社

發　　　行：明報出版社有限公司

　　　　　　香港柴灣嘉業街 18 號

　　　　　　明報工業中心 A 座 15 樓

電　　　話：2595 3215

傳　　　真：2898 2646

網　　　址：http://books.mingpao.com/

電 子 郵 箱：mpp@mingpao.com

版　　　次：二〇一八年十一月初版

　　　　　　二〇一九年六月第二版

　　　　　　二〇二〇年二月第三版

　　　　　　二〇二二年七月第四版

I S B N：978-988-8525-41-6

承　　　印：美雅印刷製本有限公司